大人症候群

吳旻育

原來長大，
就是安靜地面對失去

suncolor
三采文化

—作者序—

在還沒有準備好時，我就變成了大人

你覺得時間是什麼呢？

有一種說法是，在更高次元的世界裡，時間就和地點一樣，那裡的人說要回去或前往某個時間點，就好像我們說要去爬哪座山那樣稀鬆平常。聽起來多讓人羨慕不是嗎？好像只要努力地爬，就沒有到達不了的山峰。

還有另外一種說法是，如果我們運動的速度越快，時間會跟著變慢，當速度達到光速時，時間就會停止。但不論我們再怎麼努力，終究無法靠自己的力量達到光速，也不是每一座山，都是說爬就能爬上去的。

我不擅長運動，小學期末會發一張成績單，上面印有這學期的五育成績，德智體群美，我大部分可以得到甲或優，除了體之外。忘了幾年級的時候，某次和表兄弟家一起出遊，我們幾個兄弟拿出期末的成績單互相比較，大夥用詫異的眼神看著我「體」上面大大的「乙」字，彷彿無法理解這種不用努力就能拿高分的領域怎麼會出現這樣的等地。

我不擅長運動，尤其是跑步，小學運動會的大隊接力，我在最後幾次的練習賽中，被老師換下來，因為在大家眼中，我就是在散步。

跑比較慢的人，時間是不是會過比較快呢？

你有聽過錄音帶嗎？

小時候常常和姐姐一起看音樂頻道，姐姐會用空白錄音帶錄下她喜歡的歌曲，我雖然不懂聽歌，但還是有樣學樣地拿著隨身聽錄音。每次播到姐姐想錄的歌時，她就會提醒我接下來不能說話了喔，但輪到我的時候，姐姐就會開始和我聊天，而我總是要到後來播放錄音帶時，才會發現她的惡作劇。

那時候我們都聊了些什麼呢？比起錄下的音樂，我現在更在乎的是這件事情。還有那盆沒有發芽的綠豆、那個沒有留下聯絡資料的同學、那顆沒接到的傳球、吵架後說了太多次的抱歉、搶贏你的那根冰棒、趕在你面前上的那部計程車、考試比你多得的那一分。

他們都是我的時間軸裡，一座小小的、想爬卻爬不上去的緩丘。

跑比較慢的人，時間是不是會過比較快呢？一眨眼，就被歲月狠狠地落下，在還沒有準備好時，我就變成了大人。

——吳旻育

目錄

Ch2

海岸線

ch3

驚蟄

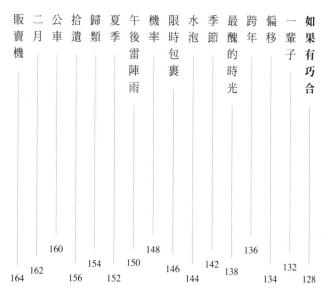

Last

家

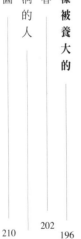

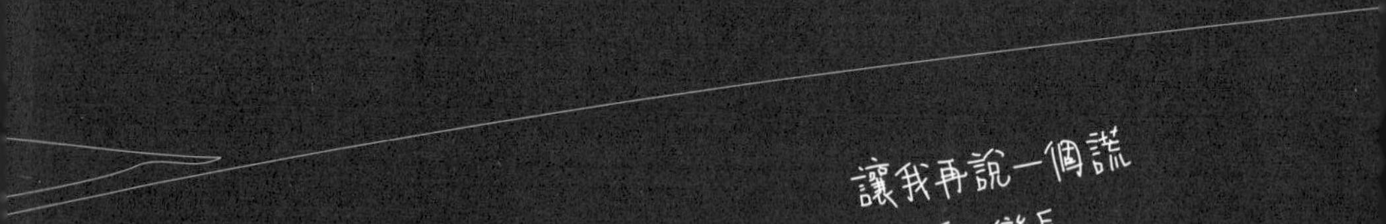

讓我再說一個謊
把鼻子變長
才能帶你到更遠的地方

ch1

大象溜滑梯

原來這就是大人

小學的操場旁邊，有一座大象溜滑梯。

每個假日我都會和朋友在那裡打棒球，雖然說是打棒球，但其實我們用的是從隔壁網球場那撿來的網球，以及在文具店裡買的塑膠棒球手套，兩百塊錢一個。網球彈性很好，即使年幼如我，也常常把球擊到看不見的角落，像是圍牆邊的草叢、花圃間的空隙還有溜滑梯底下的小空間，大象的肚子裡。

大象都吃些什麼呢？我在溜滑梯底下找球的時候常常這麼想。

「大概是吃那些不開心的事吧。」朋友ㄇ這麼說。

「大家玩溜滑梯時都這麼開心，一定是因為難過的事情都被大象吃掉了。」

多有道理的一番話啊，那時候的我將它奉為真理。

升上高年級後，學校在操場的另一端蓋了全新的遊樂區，那裡離教室近，每到下課，大家就彷彿出征般地奔向新遊樂區。沒過多久，大象溜滑梯旁就已經長滿野草，再也沒有人會往那去。

那時網球已經滿足不了年紀漸長的我們，我們終於開始玩起真正的棒球，但學校覺得危險，便禁止在操場上打球，我們只好轉移陣地，從此逐草地而遊玩。連撿球部隊都離開了，就真的再也沒有人會去大象溜滑梯那了，沒有人開心地溜滑梯，大象也就沒有難過的事情可以吃，這樣他會不會肚子餓呢？

怕大象餓著了，於是後來我不開心的時候，就會躲到溜滑梯底下，像是被大人罵了、跟朋友吵架、考試考得不好以及更多更難堪的事。以前時常害怕自己的悲傷有點太多，滿出來了，會淹沒身邊的人，於是很努力地隱藏，直到剩下我一個人，要獨自用心事餵飽大象溜滑梯。

那時候我竟覺得慶幸。好險，我是一個如此軟弱之人。

時間過得很快，我離開家到台北讀大學，大一的寒假交了第一個女朋友，開學後就分手了。分手後的某天，我找她到學校旁的小公園聊聊，才發現小公園裡頭也有一座大象溜滑梯，我和她坐在溜滑梯底下，有一搭沒一搭地聊著，直到門禁時間到了，我們都必須回去宿舍。

「是不是連大象溜滑梯都有南北的差異啊？為什麼我還是這麼難過，他沒有吃下我的悲傷嗎？」那晚我反覆地想。

然後才明白，這並不是大象的錯，只是那種彼得潘式的魔法，不適用於大人。

小學跑不完的操場，原來也就這麼小。以前覺得空曠的溜滑梯底下，原來很勉強才塞得進兩個人。

過去讓我們快樂的遊戲，都變得不再好玩了。曾經那麼開心的事情，會因為失去而讓人感到悲傷。原來這就是大人。

玩具桶

小時候我有一個橘色塑膠桶，裡面放滿了心愛的玩具。

某日，家人把整桶玩具送給了更年幼的親戚，我沒有哭鬧，並得到比玩具還多的稱讚。

大人說我長大了，那時我開始明白這兩個字的意思。

原來長大，就是安靜地面對失去。

演算法

Youtube自動播放著，一首接過一首，然後又是你們以前最喜歡聽的那首歌。

彷彿是這段日子以來的你，不論選擇哪條路，最後都會走回原地。

「這是多美好的設計啊！」你說。

你緊緊地抓著過去，始終不願向前。

那都是演算法的錯。

牛奶盒

心和牛奶盒一樣，被壓扁時會先從左心凹下，然後是右心，再來會被折半。

一般忍耐三次就好，但偶爾，很偶爾的時候，會多一兩次。

最後多的那次，一道不是很深的痕跡，可能看不出來，但當時的你，花很多力氣才折了下去。

我在快樂的時候想起你

那時你應該也彎腰笑了
像和這個世界所有的幽默敬禮
「謝謝你，我很快樂。」
有時候想起你
在最快樂的時候

我笑了，並且想起你來
嘴還沒閉上
你已經徹底地消失
延著憂傷溜走
房間變得太過空蕩
讓最後一個笑聲
始終無法隨你離開

我在最快樂的時候
想起你了
因為我是如此榮幸
在你最快樂的時刻深愛過你

頂加

舊家是在一個老公寓上的頂樓加蓋，小小的鐵皮屋被隔成幾個套房，雨季過後，沉積的霉味散不開，在搬家時連著行李一起到了新家。

整個禮拜，新房間都是舊家的味道。

只是突然想念過往的時候，連這樣刺鼻的味道，都彌足珍貴。

錄音帶

你說你記住了我所有的話
但你忘記告訴我
新的聲音始終可以蓋過舊的

外號

年輕時為彼此取的外號，明明那麼難聽，卻在長大後的自我介紹中不自覺地說了出口，嘴唇忍不住顫抖。

還是記得你第一次這樣叫我的時候，我這麼討厭這個名字。

如今我早就習慣了，也喜歡了。

我們卻已經深深地厭惡著彼此。

人際關係

有一些果實太熟了
就會掉到地上

雀群

春日，天空和雲的比例剛好，和故友漫無目標地走著，像初相遇那天。

湖邊有人餵食禽鳥，麻雀從無葉的樹梢飛下，S說像極了落葉。

路邊有人落下水瓶，雀群受到驚嚇，飛回樹梢，彷彿落葉歸枝，時光倒轉，我們也回到從前。

記夏

黃昏般的清晨裡
入住一間租屋
有光先行於我
在灰塵之間碰撞
用力而安靜

屋內什麼都沒有
空蕩地像是你在這裡
盪起了鞦韆
一次高過一次
聽得見鐵圈嘎響的人
都無法飛行

但是你能
一如你可以衣著完整地戲水
至於水花
會從衣上蒸發之前
開始芬芳

夏季很久
蟬需要比預想中的自己多舌
為了繼續生活
我做了一場較夜晚更長的夢

40

41

日光燈

房間的燈舊了，本來就是黃色的光，
現在看起來又更昏了一些。
才聽說最近好像流行起 LED 燈管，
他們很環保，一輩子不會壞掉。

今天加班，同事都走了，日光燈也
期待著我的離開，他不是最新的那
種，所以常常壞掉。

我也一樣。

月亮上的兔子

出差回來的路上，月亮在高速公路的底端。大到我幾乎看見了，住在上面的那隻兔子。

是啊，我始終相信月亮上有隻兔子。我相信過很多事情，像是善良、夢想和你說的愛。

相信一直是件很簡單的事，他從來都與事實無關。

名片

長大後，我多了一張名片。

那是一張比較硬的紙，上面寫著我的名字、職稱、電郵和分機。那天開始，每個遇見我的陌生人都能知道我在社會上該有什麼樣子。

我明白這是種成人式的提醒：從名片認識我的人，不會是我的朋友。

鹿

當他說，你是馬的時候
你是不是
其實有一點高興

初老症狀

大象溜滑梯

過年時節的初老症狀：

從別人看著你說時間過得真快啊，變成你看著別人說時間過得真快啊。

你看著的那個人像天經地義般地不發一語，於是你嘗試尋找一些話題。

「大學要考什麼科系啊？」

是的，你正式變成大人中的一員了。

西裝

你打理自己第一套西裝。

「坐下時不要扣扣子，站起來後最下面的扣子不要扣。」

你反覆念著，如咒語，彷彿念完，就是大人了。

你看著網路的教學，打好領帶，還是有點歪斜。

「沒關係。」你說。

「本來就沒有完美的大人。」

祕密

你的衣櫃裡
有一件從來沒有穿出門的衣服
他並不醜
只是讓你覺得赤裸

大雨

天空尚未飄來些許雲朵
屋簷上還有破瓦
沒來得及重新出發，傘和我
也都沒有修好
雨就下了

雨就下了，像我們年輕
太早遇見了愛情
像突然之間的初吻
給錯了人，當時一身的濕
現在才開始感冒

午後的雷陣陣

毫不羞赧地怒吼
我也曾經是一場大雨
不小心淋濕了妳

最後雨終究是停了
我們的衣服濕了又乾
陽光大的彷彿什麼事都沒發生過
也只有我們失去了摯愛

日記

你拿出過去寫下的日記，慢慢地又再讀了一次上面的字，
那是很久以前、很長一段時間裡，自己最真實的樣子。
然後再用橡皮擦狠狠地把一切都擦掉，像一個告別的儀式。
不要難過，不是你不好，只是時間到了。
就需要說再見。

你是海
太過溫柔
才讓天空決定自己的顏色

海岸線

大人前的限定魔法

1989 年，任天堂推出第一款可攜式掌上遊戲機——GameBoy。

那時候最受歡迎的遊戲，除了數十年如一日的俄羅斯方塊，就是現在已經被正名為寶可夢的神奇寶貝莫屬。儘管已經過了哭吵著要玩具的年紀，但看到表哥和表弟人手一台，還是忍不住地和母親說自己也想要。好一段時間裡，我成為了普世意義上的乖孩子，拼命地寫作業與評量，考了前所未有的好成績，終於得到了屬於自己的遊戲機與神奇寶貝的遊戲卡帶。

小小的掌機裡，我是一個全身上下只有黑白兩色的少年，遊戲世界裡面說著我從來沒聽過的語言，我甚至不明白自己在商店裡買到了什麼商品，也始終不懂我的神奇寶貝們到底學會了哪個招式，像個經驗論者，任何事情都要實驗後才能知曉。

雖然什麼都不懂，但我還是成功地把遊戲破關了。多年以後，在不得不面對各種外國語言的考試中，我都會想起當時的我，那種無視語言隔閡的勇氣是不是也是一種大人前的限定魔法，那是不是我最後一次，堅定而謙卑地面對永不可解的難題。

小時候玩神奇寶貝，都會像動畫裡的劇情一樣，在一開始的常磐森林裡抓一隻綠毛蟲，然後留在森林中間晃，直到綠毛蟲進化成巴大蝴，才能夠去挑戰第一道館，那時的巴大蝴簡直呼風喚雨，一隻蝴蝶可以帶我闖過一個洞穴。

只是在不久的將來，巴大蝴的能力開始不足以參與對戰，地位漸漸被其他更勇猛的神奇寶貝取代，直到玩家對他的愛用盡，將他傳送回博士的電腦中，然後再也不會出現在遊戲裡。動畫中也有一段類似的劇情，巴大蝴在與主角小智的旅程中遇見了自己心儀的伴侶，為了與愛人廝守，巴大蝴就此告別了主角一群人。他是第一個自主選擇離開主角的神奇寶貝，如同他的英文名字——「Butterfree」。那麼自由，那麼美。

長大後再次玩起遊戲，對巴大蝴竟有種無法割捨的好感，為了彌補兒時放棄巴大蝴的虧欠，硬是帶著沒有戰鬥力的巴大蝴到最後一戰，拼死拼活地靠著其他神奇寶貝獲得勝利，看著END的字幕緩緩升起，拿著遊戲機的手不止地顫抖，再也無法忍耐心裡的悸動，大聲地喊著：「我們辦到了！巴大蝴！我們辦到了！」

留在我身邊的巴大蝴、離開小智的巴大蝴，是不是都過得幸福快樂呢？

我是那麼喜歡動畫裡巴大蝴離開的情節。於我而言，那是一種選擇認識自己、並踏上尋求自己旅程的抉擇。隨著時間經過，綠毛蟲的等級漸漸提昇，他會成長、會進化成巴大蝴，像是我們也必然會長高、長胖，但要成為大人，卻不是時間或等級到了，就自然發生的事，那勢必得是一次下定決心，像是更新軟體一樣。

大人與否，有時是一種決定。

巴大蝴離開小智後發生了什麼事，我是無從得知了，但成為大人後，肯定會開始面對過去不曾想像過的難題吧。像是小說《哈利波特》中，心心念念著要逃離阿姨家的哈利一樣。

狂風暴雨的那天，海格找到哈利，並和他說：「哈利，你是一名巫師。」

狂風暴雨的那天，哈利決定離開，決定成為大人。

儘管哈利在巫師世界富滿名氣，所有人都相信他會在霍格華滋聲名大噪，但事實證明，即便是哈利波特，在接下來的七年裡，依然度過很多痛苦與衝撞的時光，然後才真的慢慢長大。

原來，我們是先成為大人，然後才開始長大的。這是很後來我才知道的事。

68

69

洗衣機

你覺得支離破碎。
像是洗衣服時，不小心把自己忘在口袋裡。

洗潔劑的味道有些重，在旋轉的時候滲進全身，你花了很久才習慣。
習慣被拋來拋去，隨著滾筒打轉，在衣物纖維的縫隙裡，努力著不被遺下。

抓緊，要開始脫水了。

熱帶氣旋

海岸線

將近七月
你和今年的梅雨
一樣來晚了些
帶著點颱風的影子
嘶吼、嘶吼、嘶吼……

你不確定自己的憤怒是否早至
街上沒有人
準備好面對滂沱大雨
自覺乾淨的鬼魂
都躲進了屋簷

淋雨的人脫去雨衣，放下

緊緊相接的傘
讓水穿透如針灸
遠遠地刺痛
上次受傷的地方

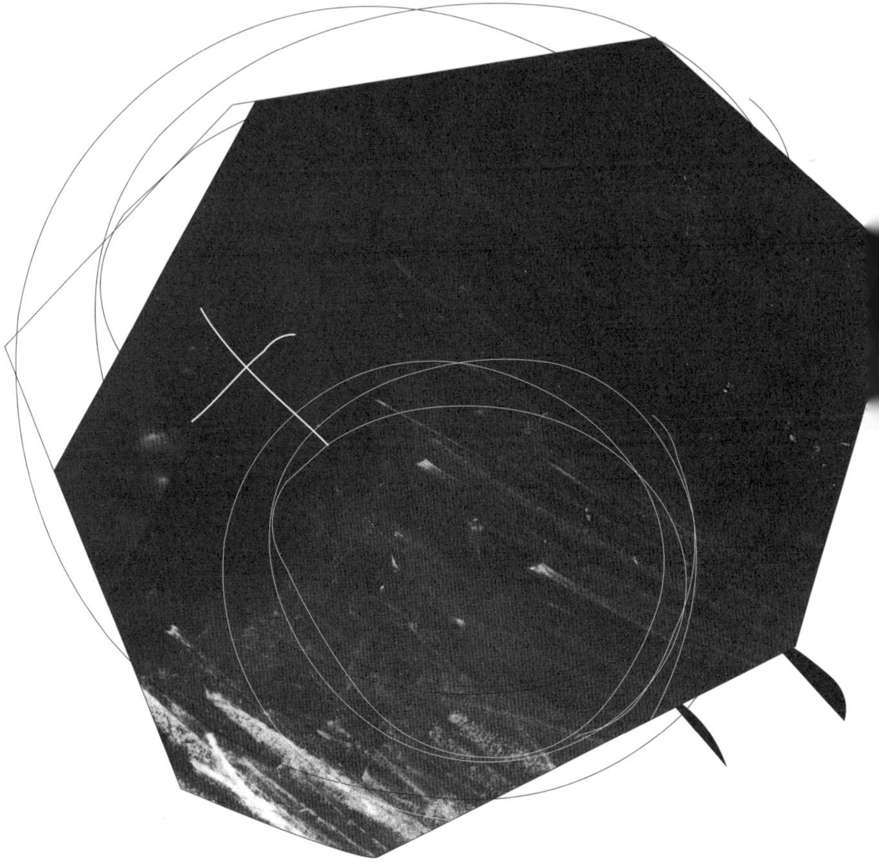

星星

最近才知道，抬頭時看到的星星，有些原來是人造衛星。
他們看起來如此相似，只是美麗的神話數量有限，晚來的星星無法擁有。

明明很努力了不是嗎？
讓自己看起來和大家一樣，但在連連看的遊戲裡，依然沒有我的一席之地。

軌道旅行

我們都曾經
沿著鐵軌搖搖晃晃
在短暫的時間裡
試著不要墜落

次級品

有些水果很便宜，他們在運送時被碰傷，或賣久了有點過熟，也可能他們天生就長得不好看。

因為醜，而被稱為「次級品」。多麼熟悉的詞彙啊，我也時常被歸到此類。

是的，次級品不夠好，但總會有人明白——我們其實是甜的。

人生愉快

謊言在冬天的太陽下曝曬
你花了很久才醒來
這麼長的一段時間啊
原來都是在做夢
夢裡的你很好
呼吸順暢

在夢裡過完一個暑假
你就能夠在麥田隱藏自己
夢裡的冬天下雪
夏天滿是木棉
而你四肢健全
有手有腳

直到海平面開始上升
水底的寶藏越來越遠
心跳加速的時候
你不再能控制這場冒險
也終究得離開
這片沙灘

還沒洗腳呢
就被套上襪子
高於腳踝，於是你繼續人生
人生愉快

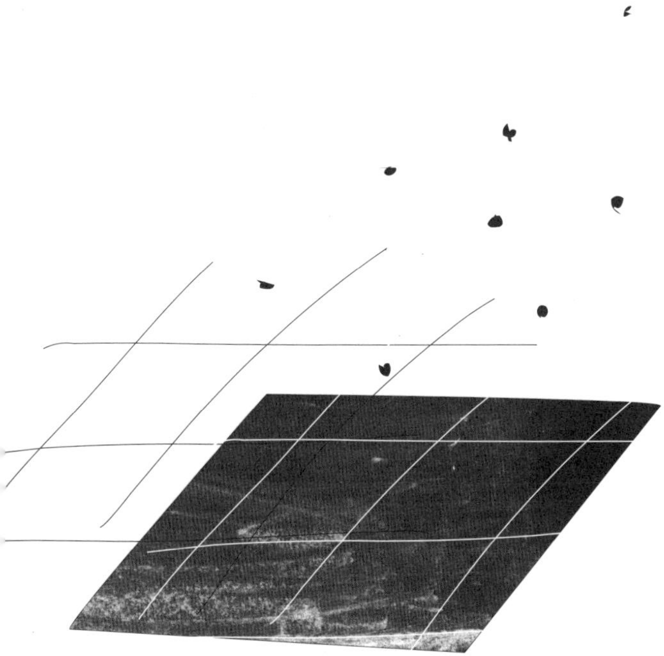

扭蛋

犯錯的過程，就像扭蛋。

總祈禱著下次可以不一樣，滿懷期待
投下硬幣之後，又會得到相同的結果。

人，是不是很難根據誓言做出改正呢？

雖然最後，我們都還是變了。
在那些無法察覺的時刻，終於成為了
連自己都不認識的自己。

登陸計劃

好幾個不夠深的夜裡
我都在陪伴中睡去
不小心做了夢
一場過於美好的背叛
像是瞞著你度過了太快樂的時光

那晚我們好老
齒縫漏了許多細語
半醒間沒說完的話
你相信嗎
我竟然都聽懂了

夢境會延續的吧

從這個夜晚到下一個
不同的宇宙裡
我們都在
尋找同一顆星球

登陸計畫是我們
會沿著人生
一圈繞過一圈
緩慢而確實地降落在
誓言應許的地方

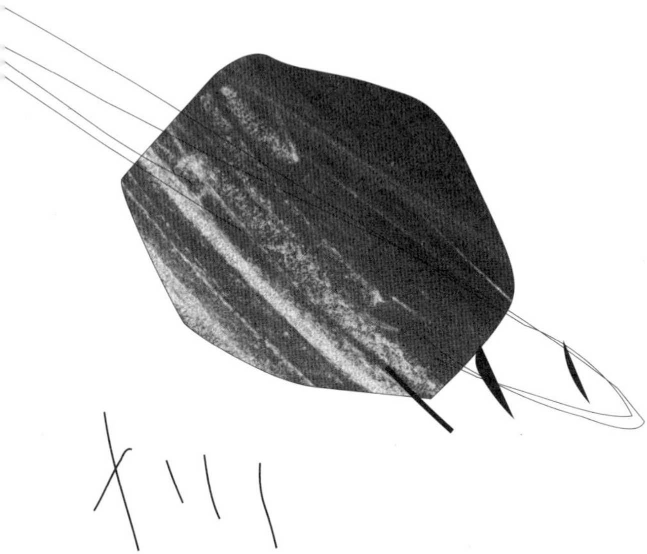

夢

後來聽說，原來我們晚上做的每一個夢都是有意義的。

我忍不住地笑了，多麼矛盾的世界啊。
早上我們如此努力，但始終過著徒勞的人生，而不記得何時開始的夜晚，卻製造了意義。

輸給自己的夢，大概是我認知中最悲傷的事。

迫遷

移動是從一個地方到另一個地方的過程，離開也是。

這兩件事情在本質上沒有什麼差別，不一樣的地方在於，如果有人重視你這次的移動，就會被稱為離開。

而人生總有一次，你以為你要離開了，但對他來說不過是一次的移動。

早餐

煎一個失敗的蛋
從黃色的地方開始
燒焦是某種防衛機制
用來提醒自己
你已經熱過了頭

他們說比較濃的豆漿
流動的速度會比較緩慢
就像有些太深的感情
也要走很久很久
才會過去

假日的早晨很長

你讓奶油漸漸融化
滲入吐司每一吋細小的孔洞
佈滿全身，像是
你思念某個人的模樣

愚人節

愚人節讓人滿懷希望。

好像遇到任何的不如意，都可以告訴自己，這不過是今天的玩笑，要到最後才終於承認，這一切都是真的。

除了他心心念念著的那句話，是今日唯一的謊言。

那是你的惡作劇，成為了他生命裡很重要的事。

貓

每次從高處跳下的時候
都暗暗祈禱
這次可以失敗

真正的模樣

這麼熱的夏天裡，你還是堅持蓄髮，因為你明白剪去頭髮後，會得到太過多餘的關心。

他們不准許你喜歡自己短頭髮的樣子，也不讓你喜歡自己變胖後的身材。

但他們還是要你多愛自己一點，說得像是他們知道，你真正的模樣。

每日更新

有些難過
就像流了好多血才刮掉的鬍子
明天又會長出來

分享

滿天星星卻拍不進相機裡、晃了好久還是找不到年幼時去的地方、明明有好多話但是怎麼也說不出口。

以及他感到悲傷的時候，我卻在沒有網路的遠方。

「沒關係。」他說。

「有些事情就是因為無法分享，所以才那麼地珍貴。」

布袋

曾經以為有神
於是把要走的路都沉進水裡
期待著金與銀色的前途

直到窗花墜落
碎成一片未知的圖騰
酒瓶破裂未遂
所有的事物開始載浮
一半在空中
另一半都浸在過去

過去沒有刻度
你吃了好多的水

但還是沒有辦法
出發，這裡沒有神
沒有選擇

也沒有人

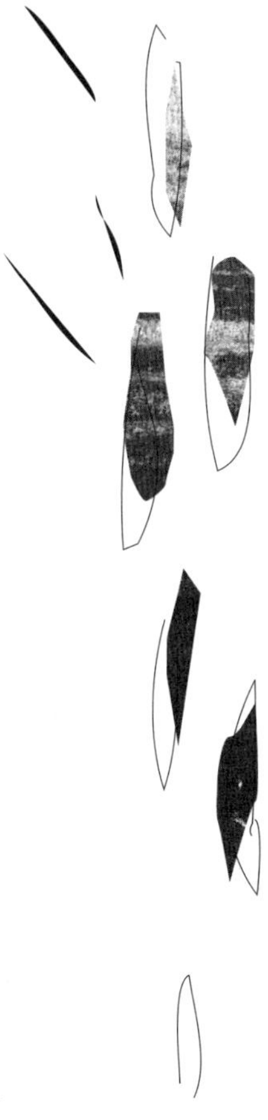

碗

你摔破了碗。

你知道自己該做什麼，例如拿掃把清理碎片，仔細地將它包進報紙，再用黏毛髮的輪桶滾過地板。

一切像是什麼都沒發生過，但之後走過這裡，你還是躡起了腳。

沒有人受傷，只是新買的碗卻彷彿有著舊碗的裂痕。

七月半

「鬼門」

每個人的心
都有一扇門
裡頭住著一些
見不得光的鬼

「鉛筆」

小時候用的那支鉛筆
還留在心裡
就像那節筆芯
依然卡在隔壁同學的手臂

「運動褲」

從你身後脫掉的
那條國中運動褲
已經穿不下了
卻沒有丟掉

「課本」
每天都把課本
扔到更遠的地方
終於落到心中
永遠也撿不到的位置

「錢」
那天從你包包

拿來的錢
都存在我的心裡
到現在還生著利

沖天炮

在空瓶裡插上沖天炮，遠遠地點火，
快步逃離的腳步伴著銳耳的嘶鳴。

仰頭看著小小的閃光飛行一段小小
的距離，你知道這不是盛大的煙火，
不夠炫爛、不那麼好看。

但你還是很喜歡啊，他渺小的不完
美，曾經如此地接近自己。

十月

十月的煙火
在高空裡燃燒
不小心照亮了太多的角落
有些事情從此無處可躲

就像我是夏天裡
你說過的謊
冒了整身的汗
在天氣轉冷時著涼

他們說今天晚上
露水要開始變白了
還沒擦乾的人
切忌再哭泣

遠方

河堤球場外是腳踏車引道，我們曾笑著說，那裡才是真正的全壘打牆。

像是曾戲言要一起去的許多角落，後來都沒有去成，世界這麼大，大到讓太多話都變成了謊言。

也或許，你正依然前往，多希望你終於能到達那個遙遠的地方。

突如其來的一場惡夢
彷彿在告訴自己
要開始傷心了

驚蟄

如果有巧合

徒步環島的第二天，相機就壞了。

那是我辦到第一張信用卡後，第一次用分期付款買下的，那時候覺得信用卡、分期付款聽起來是很大人的東西，還為此洋洋得意了好久。相機壞了，感覺就不是什麼好預兆，這並不是迷信，在我不長不短的人生裡，像這樣奇妙的生活預言，其實發生過不只一次。

大學畢業後的第一份工作，是在教育機構上班，寒假時公司辦了一個生物營隊，其中包含魚類的觀察，所以每個參與的學員都會得到一隻活生生的小魚。營隊結束後，有些人報名了沒來，多了幾隻小魚在公司裡，主管問我想不想帶回去養，我覺得有趣就答應了。把他們帶回家後才發現，魚的數量剛好和辦公室裡同事的人數一樣，於是我以同事之名幫每隻魚都起了名字。

上一次養魚是小學的時候了，我根本想不起來任何養魚的訣竅，給了他們不夠大的魚缸，小小的打氣馬達也無法提供他們足夠的氧氣，接下來的幾個夜裡，小魚輪流跳出魚缸，手忙腳亂地趕緊問人怎麼回事，反應過來，還存活的小魚只剩下兩隻。

後來我的同事們，就以小魚跳出魚缸的順序離職了。

幾年前，我突然愛上家居佈置，便跑去家飾店買了一盒小番茄的盆栽，將他養在陽台。一年過去，租屋處合約到期，小番茄也跟著我搬家，從河的一側來到河的另外一側。

新的租屋處在巷子內，巷外有許多小吃店，生活機能挺不錯。某日晨起，到陽台準備替小番茄澆水，才發現小番茄的莖不知怎麼地斷掉了，研究了一下斷層，感覺像是被老鼠咬斷似的。那天中午還有家教，因此匆匆忙忙地用透氣膠帶把小番茄先重新黏在一起，當然這是無效的。

家教時總覺得難以專心，一直不停地想著小番茄的事，突然間摯友傳了一則訊息給我，是他剛剛出車禍，現在躺在醫院的照片。一連串的事情交雜在一起，家教也上不下去了，和學生說了抱歉，提早結束課程，趕到醫院去探望他。

晚上回到家後，把小番茄的殘枝移掉，他長得多好看啊，感覺起來明明已經準備好要結果了的樣子。在那之後我還是常常對著空無一物的盆栽澆水，像是某種徒勞無功的儀式，召喚不出任何神靈。

夏天過去了，本來什麼都沒有的盆栽竟發了幾株芽，一開始我還以為是哪來的種子乘著風飛到我的陽台，儘管認為他們是雜草，但也捨不得將他們除掉，依然每天替他們澆水，偶爾也和他們說說話。

幾個月後，當初以為的雜草竟也好好地長大了，甚至結出了果。

是小番茄。

一輩子

世界改變很快，我曾以為這是壞事，後來才知道，在某些時刻，這些變動都會成為救贖。

新的店家、亮麗的街道，世界在改變，相比下我們的關係竟像持續了一輩子。

一輩子，過去脫口即出的詞，現在要花一輩子的力氣去想像。

偏移

比起狼來了，我們應該更習慣颱風來了。

在門口堆起沙包、把陽台的盆栽和烏龜收進房間、窗上用厚膠帶貼了一個大大的叉，然後什麼也沒發生。

人生有時是這樣，我們做好萬全的準備，也成為很好的人。

但愛還是偏移了路徑。

跨年

跨完年沒多久，馬上又有另一個新年，像是有太多想遺忘的過往，沒辦法一次抛下。

聽起來滿好的不是嗎？如果跨完年到現在，你依然過得不怎麼樣，也不再需要難過了。

就像一年可以有兩次開始，我們可不可以也重來一次。

最醜的時光

驚蟄

那是有一天我們突然不再禦寒
忘了要把自己的手
放進別人的口袋
蓋好被子成為一件困難的事
尤其在剛睡醒之時

我沒有關窗
甚至打開了冷氣
冰箱變成最溫暖的地方
我們在裡面生長
也終於成了保鮮膜的樣子
那就是我一生裡
最醜的時光

慶幸的是
我們順便忘了過節
所以不再消費
行事曆不用畫圈
玫瑰長在小星球的花園
氣球還是氣球的形狀

最棒的是
我們順便忘了過節
所以再見到你時
可以打招呼甚至微笑
因為你是我過了最醜的時光後發現
最該原諒的人

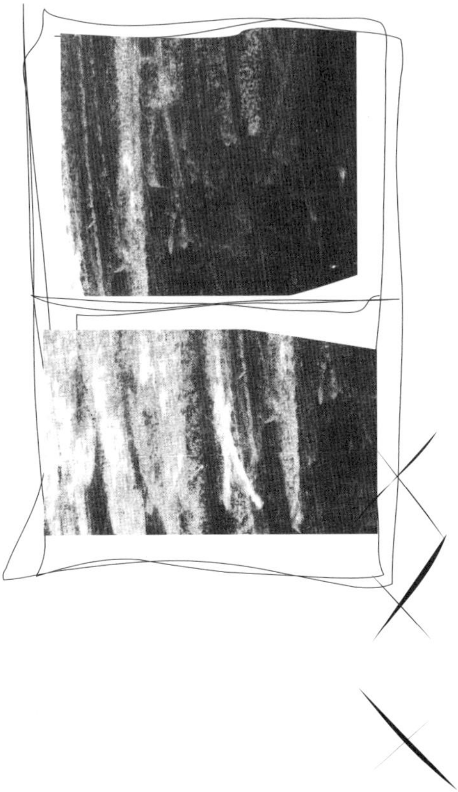

季節

季節像是一個不乾脆的情人，愛來不來、要走不走的。換季的棉被和衣服收收藏藏，彷彿攤開又摺起的心情。

新摺痕蓋過舊的，即使如此，你依然相信氣象預報如星座，或祈求月老像高掛起的晴天娃娃。

沒關係的，別感冒就好。

水泡

新買的鞋有點磨腳，有時是拇指和小
指外側，有時是腳跟。

我走了好久，起了些水泡，紅腫的地
方會痛、會癢。

我不知道繼續走，是否真的會變好，
不適合彼此的地方，仍然傷害著我們。

但我知道走下去，是和你唯一的機會。

限時包裹

驚蟄

我把要給你的信
裝成一個包裹
用我放衣服的紙箱
裡面都是你喜歡的味道

機率

午後的雷雨下到傍晚，下到天暗，
下到深夜。
旁人紛紛起身，終於剩你還在等。

等待天降不止的傷害喘息，等待世
界兌現與你串通好的美好未來。
等天亮，太陽說會來找你。

你不絕望，但你知道，快樂和天氣
一樣。

只能靠機率。

午後雷陣雨

那個打雷的午後
你依然穿上那件破洞的雨衣
相信他
還是和以前一樣

夏季

冷氣壞掉那天，你以為你活不過今年夏季。

在路上看到別人會想著，他們都有冷氣，就你沒有。

直到七月結束，你發現原來只要把門和窗戶打開，風就會吹進來。

你過得很好，然後想起某句庸俗的心靈雞湯。

你才明白那不是愛。

歸類

你說要把你在我房裡的東西都帶走，但依然留下很多難以細分的事物。

像我送給你但卻一直是我在用的茶杯、一人出三十元轉來的扭蛋、共同點分享餐附贈的袋子。

他們如同這段感情裡我們犯的錯誤。

無法歸類為是你還是我的。

拾遺

沒有車的清晨
沒有壞的紅綠燈
有一個人
在馬路的中央
看著交通號誌輪替
想像自己
走走停停

花了整個上午的時間
在原地裡前進
他帶著兩行眼淚前來
磨破腳跟而去

天還沒亮透
他瞇著眼拾遺
撿拾所有被測謊機篩落的善良
以及時刻表裡
不小心誤點的人

還有遭愛人丟下的你啊
依舊那麼努力
珍惜每個噩夢的夜晚
相信那些悲傷
會像我們失去的摯愛
不再復返

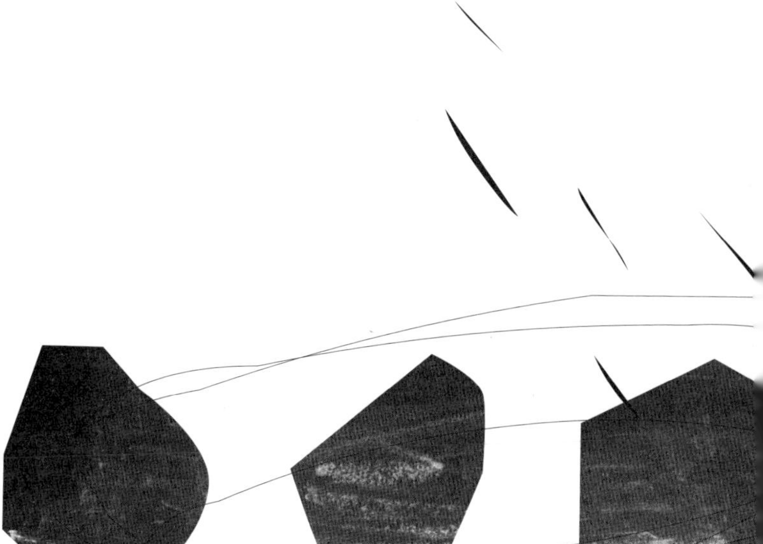

公車

公車的扶手擺盪，我側頭閃過，不同角度滑進不同記憶。

左轉的你笑了，右轉時在哭，突然煞車的瞬間，我們都不小心掉出幾句傷人的話語。

乘客在最後一站下車，我留在空出來的位置上，以為可以抵達比終點更遠的地方。

二月

傷心的那天
想著別把難過帶到下個月份
只是後來才發現
二月好短

販賣機

驚蟄

回家的路上，有一台故障的販賣機，
他總不依照指令，掉下沒有被選擇
的飲料，像意外事故。

你是否偶爾也覺得，日子就是這樣。

好多個我排排站在高處，也明白現
在是哪個自己要出場。

只是被推落下的，始終不是你要的
那個。

餅乾屑

最後一次見面，我帶了小餅乾給你，
像要郊遊的小孩，開心地睡不著。

結果我們吵架了，餅乾沒給你也忘
記拿出來，被後來放進背包的東西
壓扁。

包裝破了，細碎的餅乾屑如往事般
卡進纖維，沒有很深，但彷彿永遠
也清不乾淨。

後天你要結婚了

把西裝整理乾淨
還有你放在陽台上的皮鞋
擦去那兩隻貓弄出來的痕跡
或是留下
那都很好

天氣很好，有陽光
熨平了航線
以及眼尾日漸深刻的皺痕
那是年輪、是鬧鐘
提醒著我們
是時候要幸福了

可以了
你現在可以帶著玫瑰
走過那條小小的海
如果有人將你攔下
就邀他同行，一起參加
你的婚禮

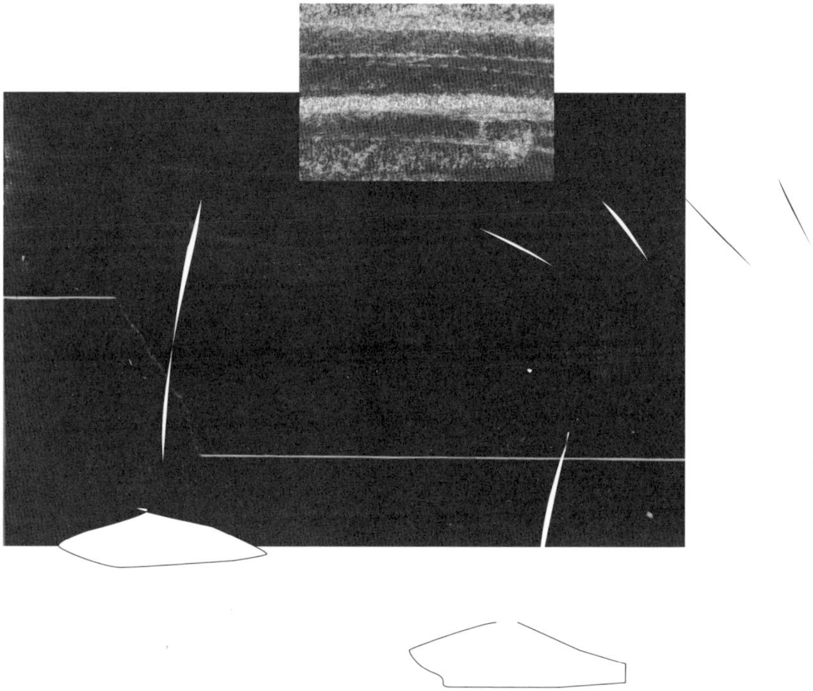

明天你要結婚了

你說你結婚的那天
一定要是個風和日麗的下午
如果下雨，雨滴在空中
就應該要乾了，乾了
這杯酒之後
明天你就要結婚了

「明天我要結婚了」
你說這句話的時候
剛好是六月
勇敢如你的人啊
不是那麼容易
可以得到幸福，像是那年

你走得太快
而我沒有跟上
有人能夠追到你
真是太好了

明天你要結婚了
今天是該說恭喜的時候
我有一百句吉祥話可以說
有一百種表情能夠祝福
身上每一個器官都為你而笑
除了被太陽曬紅的雙眼
飄來午後陣雨的味道

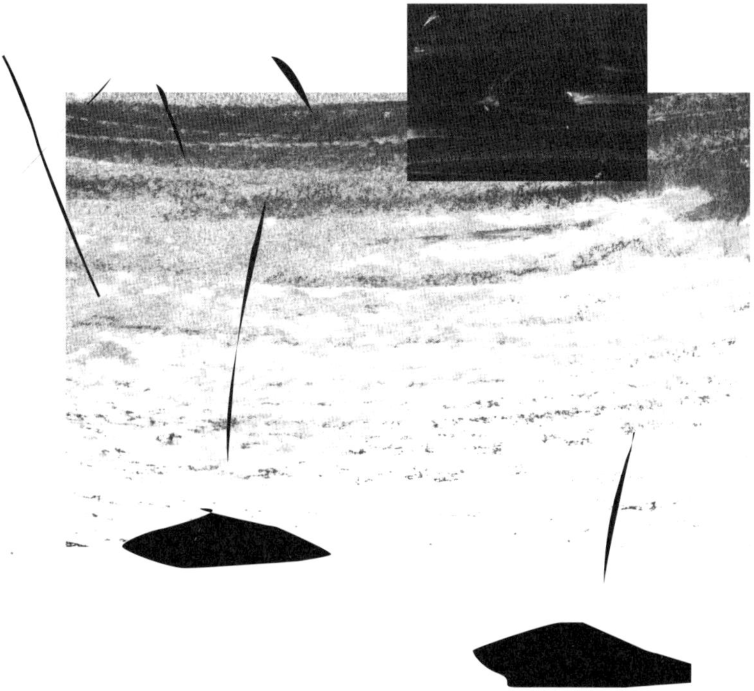

海灘

沿著海線，從此端走到另一端，陽光和沙拍打著後頸，
如浪拍打著岸。

你拾起垃圾，比起貝殼更多的廢棄物，你知道你無法拯
救這片沙灘，一如清理不了心裡的寂寞。

沒關係，海還是很美，看緊盤旋的鳥，你得給他們鮮美
的魚。

如果我遇見一個像你的人

如果我遇見一個人，像你
像你尚未消瘦
也還沒發胖
像天沒完全放晴
而彩虹依然掛在那理

如果我遇見像你的人
能否也渡過和那時相像的時光
那時我們沒有翅膀
沒有想去的遠方

我遇見一個和你很像的人
比照片像、比記憶像
比你現在還像

一般垃圾

吃早餐的時候
把傷心泡進牛奶
放在一個曬得到太陽的地方
讓難過開始發酸

直到你終於無法逃避
那麼難堪的氣味
才知道悲傷
不會憑空消失
不要害怕
他只是一般垃圾

遺書

如果今天要出門
貓的飼料不用倒太滿
你不在時
他們吃得很少
毛掉很多

中午睡醒後適合讀的詩集
我放在書櫃左邊
上面數下來第二到第五本
你要在十一點五十九分之前翻開
趁鐘還沒響
跳過一整頁空白

書桌抽屜裡面
放著以前寫好的信
那時候沒有勇氣寄出去
是多麼幸運啊
我可以送一台時光機給你

往後一陣日子
你會常常睡不好
我在隨身硬碟裡存了很多
無聊的愛情電影
慢慢看
不用著急
終有一天你能安穩地睡去

我不會介意

「我沒事」

想在你的海邊睡去，做一個微微發燙的夢，夢裡我把自己撐開，如一把洋傘，烘乾身上的漬痕，鼾聲暖呼呼地響。

昨天還那麼濕漉的心事，都變成被貓踩過，柔軟且無害的疼。

我沒事，一直想說的這句話，現在終於能告訴你了。

記夢

驚蟄

已經記不得是從哪裡開始
故事變得支離破碎
你們都到了我的身邊
像是獲得一台時光機器
回到那一年聖誕
將抱歉包成了禮物
不停的交換

對不起彼此的人
坐成一圈並烤起了火
每個人都被自己燙傷

結束的時候我們開始跳舞

一個伴牽著另一個伴
彷彿邀請過後
就又是一次新的開始
那就當一切有發生過吧
我早就原諒你了

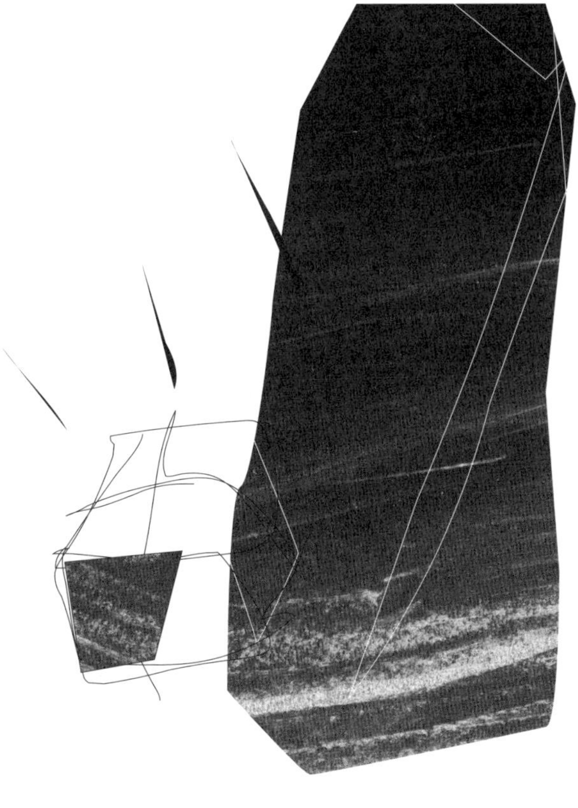

失去

今天天氣突然變好了，有陽光、有陰影，像是你有時候快樂，有時候不。

天氣變好了，但因季節而轉換顏色的葉子，並沒有變回夏天的模樣。

就像你那麼努力，讓自己成為一個很好的人，但那段日子失去的，卻怎樣也找不回來。

父母老了

我們就長大了

Last

家

這樣被養大的

和母親出門時，遇見一群正在校外教學的小學生。

「午餐吃什麼呢？」我側過頭問身旁的母親，一旁的一個小胖男孩聽到了，於是高高舉起繡有他們校名的便當袋，大聲地回答我：「麥當勞！」他露出十分滿意且滿足的笑臉，我想肯定是從昨晚就期待開始今天的午餐了吧。午飯時間一到，放眼望去，有許多孩子拿出了連鎖速食店的紙袋，但在我們小學時完全不是這樣的。

那個年代，校外教學的午餐時間就是小學生們相互「炫富」的上流午宴。說是「炫富」，其實也不是什麼多豪華的午餐，而是同學們各自拿出自家母親精心準備的便當，好像誰的便當最豐盛，誰就得到最多的母愛一樣。有肉有菜甚至再加一顆蛋的同學自然榮登桂冠，蛋包飯、番茄炒飯因為小朋友愛吃，所以也名列前茅，

一

壽司、飯糰、海苔飯捲之類的簡便食物排名就落後許多，而我因為家裡是賣粽子的，所以從小到大，每一次校外教學的午餐都是早上從店裡面拿來的肉粽，這讓我總覺得自己是吊車尾中的吊車尾。午餐時我老躲得遠遠的，不願意參加大家的「便當排名賽」，一個人吃著便當，一個人暗暗抱怨著，為什麼家裡是賣粽子的呢？賣粽子的小孩真的好可憐啊！

一直到有一次，我們班上最漂亮的女孩經過我面前，用清澈而發亮的眼睛盯著我的粽子。

「天啊！你的便當是肉粽耶！」

「每次都是啊。」我不經意地回答

「每次？好好喔，我和你換好不好？」

「……我才不要呢！」

我得趕緊別過頭，以免臣服於她閃亮的大眼底下，就在此刻，我的粽子被加冕了，彷彿當了一輩子的青蛙，直到被公主親吻過後才發現自己其實是王子。

說我們家是賣粽子的，其實這樣講不是很精確，除了粽子也還賣很多東西：涼麵、碗粿、羹、雞腿飯、滷肉飯、排骨飯、豬腳飯……只是最早開始是從粽子開始賣的罷了。有段時間家裡還賣過關東煮，小時後幫忙家中做生意時最討厭的就是插關東煮的竹籤了，黑輪很油、米血很黏，每次插完竹籤手都變得非常噁心，更別提被竹籤的纖維刺進掌心肉中，雖然算不上是非常痛，但卻非常難挑出來，有時候為了把纖維弄出來反而搞得皮開肉綻的。關東煮賣了半年左右，有一天早上起來，發現關東煮的檯子居然整個被人給偷走了！不得已只好停止關東煮的販賣，那天我尚年幼無知，並且為此歡欣鼓舞了好幾天。

或許因為家中是賣粽子的原因，我兩次的升學考試考運都還不錯，高中和大學都「高中」了我心目中的第一志願。上了高中以後，學校沒有提供營養午餐，但可以統一幫學生向廠商訂購便當，我訂了兩天，就開始從家裡帶粽子去學校吃，久了以後幾個比較熟的朋友也開始向我們家訂便當，漸漸地我們家的便當成了班上另一種的午餐選擇，最後連隔壁的社會科辦公室也成為我們家的主顧，一直到我畢業後還是會差遣實習老師到我們店裡團購午餐。

有好長一段時間，我都帶著十幾二十個便當騎腳踏車上學，上學途中甚至還有一座路橋，搖搖晃晃到了學校的第一件事情就是把大家的便當放到蒸飯箱中，到了中午再拿出來發。某一天，我喜歡的女生拿了一個鐵製的便當盒給我，問我她以後可不可以用這個便當盒裝，比較衛生而且環保，從那天開始每天早上私底下瞞著母親偷偷的替她多夾一點菜，反覆地挑選更瘦一點的肉，在十幾個塑膠便當盒中，只有我和她是鐵製的便當盒，對一個沒談過戀愛的鄉下高中生來說，這樣就稱得上是愛情。

「我是粽子養大的。」

我後來都是這樣自我介紹。那時一粒粽子大概可以賺十五塊錢，所以如果買了一個三百塊的玩具，母親就會和我說：「這個要二十顆粽子喔。」某一次聽說學校裡某一種樹的葉子可以拿來包粽子，放學前就拿垃圾袋撿了一大包回家，以為多少可以貼補家用，結果發現根本就不能用，一大包垃圾袋的葉子真的變成垃圾了。

我難過地躲在房裡哭，哭累了就睡，不曉得睡了多久，聞到了炒花生的香氣，天快亮了，母親準備上工，我跑到廚房吵著要幫忙，母親一邊準備開店一邊應付纏著她的笨手笨腳小鬼頭，不論怎樣就是不回房間了，好不容易把我哄睡，背著我繼續工作，半夢半醒之間，隱約感受到蒸爐的熱煙矇上臉頰，暖呼呼的和著母親的汗水，粽子的香味出來了，豬肉油滲到糯米中的油膩香、粽葉清爽的甘草香、鹹鹹甜甜的鴨蛋黃，這就是養大我的家的味道。

我是粽子養大的，幾千萬顆粽子養大的。

青春

廣播唱完最後一首歌
在午休結束之前
你畫了一條線
在畢業之前都沒有擦掉

多年以後還是記得那段時間
最平凡的爭吵
是關於冷氣的使用
和流浪狗的收養
而你總是沒有打算
不知道是不是要留長頭髮
或是改短裙擺

聽說做了大人才能做的事情
就會被稱為學壞
那年我們偷偷騎了好遠的機車
把等公車的時間
都留給了青春

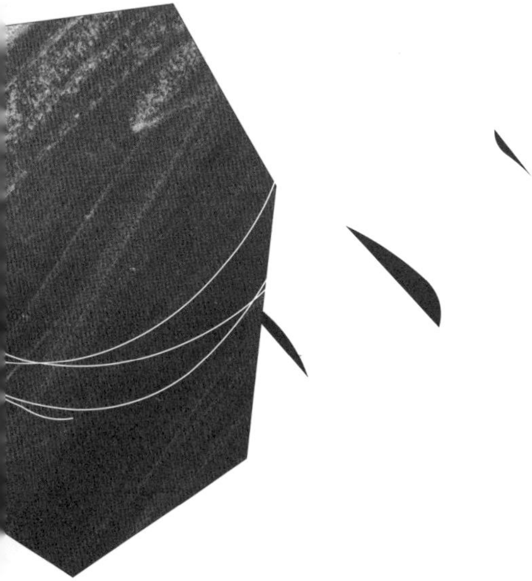

有洞的人

我心裡破了一個洞
無聊的時候
就要去看一眼討厭的人
確認他也過得不太好
才能安心入睡

我不是一個好人
藏過不只一張考卷
也常常在別人背後扮著鬼臉
卻假裝自己什麼都沒做
總是無來由地發了脾氣
一個人吃光所有晚餐
留你自己洗碗

在忙碌的時候
我會任性地哭泣
覺得自己沒有人愛
像是從路邊被隨手撿來
找不到地方資源回收
不可燃也不可愛

我的心裡有一個洞
而且開放參觀
你卻買下所有門票
搬了進來
還帶來大量的行李
將我填滿

你說你是怪獸
正在找一個巢穴
和愛你的人

拼圖

慢慢來
不要太快把我拼好
我也有點害怕
自己完整的樣子

今天沒事了

向公司傳了請假的訊息
還沒有等到回覆
就將電話關機
躺回床上，輕聲告訴自己
今天沒事了

沒事了
雖然昨天吃到難吃的晚餐
剛剛已經全都吐了出來
沒事了
那些每天要你改稿子的客戶
還是不知道自己到底想要什麼
所以休息一天吧

讓他們想清楚
人生的方向

放在冰箱裡的可樂
又過了好幾天
果然還是那麼難喝
沒關係，沒事
再幫他打氣就好了

我沒事了
但讓我再睡一下
讓我和昨晚的惡夢好好告別
今天沒事了

那些安慰我的話
就明天再說

他們不喜歡你

煙味那麼努力
讓自己擠過了門縫
房裡面的人
都開始抱怨

就像紅燈始終不懂
為什麼他快出現的時候
每個人會加緊腳步
離他而去

他們不喜歡你
也不喜歡路邊那些
要收費的停車格

和所有不方便的事情

像是花比較長的時間
去愛一個人
然後用比較多的力氣
讓別人相愛

他們不喜歡你
是你這輩子
最幸運的事

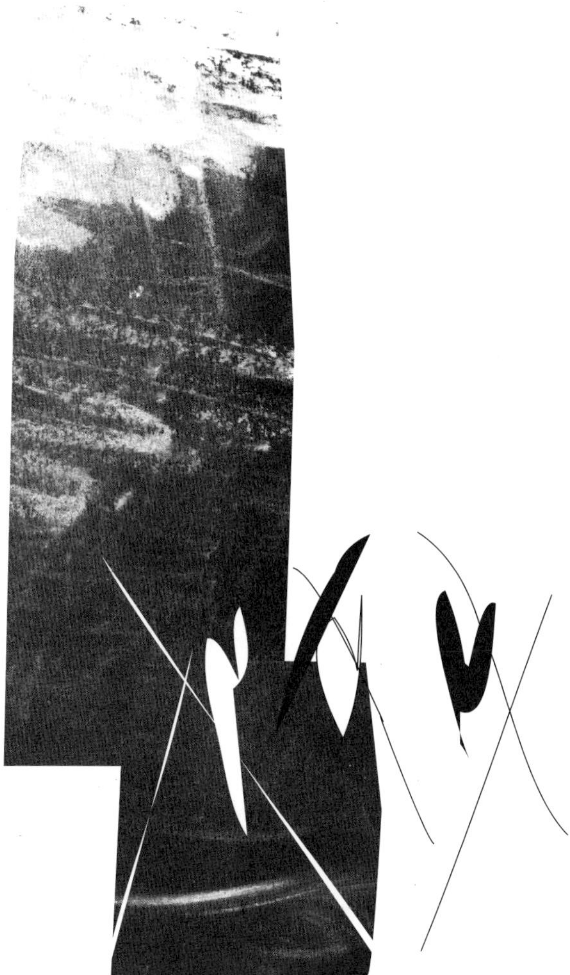

心理測驗

他們說理想的世界
是不存在的，你想成為那種
理想的大人
也在歲月裡老去

他們說這裡有一個測驗
做完了
你就可以知道
自己是怎樣的人

長大後才明白
這是一件可怕的事

三月

你一直那麼認真
想要在春天裡回暖
買了新衣服
燙著好不容易留長的頭髮
從網路上抄來的笑話
也讓場子熱鬧了起來

只是你忘記了
三月的晚上
有時候會突然降下一場大雨
澆涼你所有的努力
像是惡運不需要休息
可以披星戴月地傷害你

雨很快就停了
明天早上還是會出太陽
那麼和煦，陽台上的小盆栽啊
長得差不多大了
記得提醒他們
要有大人的樣子

224

225

遠門

找一個沒雨的夏天
將打包好的行李重新整理
你很久沒穿的那件襯衫
還和著茶葉的菸味
我把它曬在陽台
好讓你找得到回家的路

你出了太久的遠門
水已經煮開
垃圾車去了又回
家裡已經沒有雜質可以丟棄
我走了太長的路
去找你，問過了太多的人

得到太過憐憫的回應

我始終想像你還在那裡
翻開棉被或打開衣櫥
彷彿你只是睡了一個太長的午覺
我在晚上陪你失眠

半夜我抱怨星星掛得太高，你
卻伸手就能摘到

頓物 1

時常保持清潔
每天都要整理行李
等衣服曬乾之後
你就離開這裡

也務必在咖啡煮好之前
撫平蜷曲的被單
以及臨時存放的夜晚
你熟悉這樣的技巧
指腹要輕落在夢的關節處

準備好了嗎？
暗號是陽光

1_ 客家話，囤積貨物之意，屏東縣竹田鄉舊地名，為過去東港溪遇溪水暴漲無法航運時，臨時暫存貨物之地，因而得名。

你要捨下
那些來不及帶走的東西
例如永遠

232

233

和平島 2

家

年輪堆疊成
上古的神木
微微露出海面
枝頭有鳶
還來不及飛

也來不及想家
又被拍打上岸
翻滾這麼多年
有人說膩了
這是海洋公園裡的把戲
港邊有風

2_ 1947年3月8日，以鎮壓為目的的國民政府軍隊於基隆登岸，展開大屠殺，事後基隆社寮島改名成和平島。

比較透明的人
被吹得好散
記憶在前進的時候倒退
來不及覺得痛

鑽進體內的子彈們
都紀念起了和平

水星逆行

很難過的時候
就把所有的燈關掉
看一部電影
在最快樂的橋段裡睡去
當做沒有看見
那個不圓滿的結局

花一點時間
關心天氣
當那個提醒大家的人
接下來幾天都不太會下雨
快點把悲傷拿出來
好好曬乾

這樣悶熱的夏天
特別適合傷心的人
哭不出來的眼淚
都變成汗水
讓他流一個晚上
感冒會比較容易好起來

趕快休息
明天記得起床吃早餐
你可以從現在開始期待
飲料杯上面的笑話
比你糟透的人生還爛

抽鬼牌

你一直想丟掉的人
卻陪你走到最後

環保

你應該拒絕免洗餐具
告訴每個你喜歡過的人
沒有感情願意
被使用後就變成污染

也應該做好資源回收
攤開、壓扁、節省空間
因為那些你不想要的垃圾
還會在你心裡
一段時間

還有離開
任何地方的時候

要記得關燈
順便告訴自己
這裡已經沒有人了

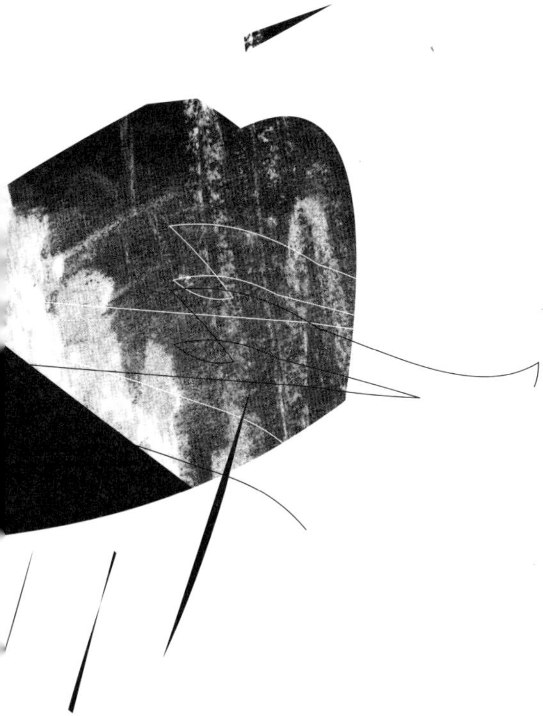

年

家

你讓出圓桌的邊邊
那個最靠電視的位置
在近近的地方
和近近的人吃飯
用小小的紅包
接生了一頭小小的年

剛剛回來的時候
搭的車子經過
一棟新的房子
一棟舊的房子
新的房子有油漆的味道
舊的房子有油飯的味道

像是早上撕不乾淨
和不小心貼歪的春聯
上面的字都很好看
你都那麼喜歡

250

251

他有人喜歡了

你習慣最後下班
和所有的人好好道別
讓他們離開的時候
不需要感到孤單一人

總是搭最後一班公車
在倒數第二個站牌
讓司機知道
前面這麼暗的路上
有人在等待他的到來
就像你始終在乎
那個不重視你的人

老是要等到很久以後
才想到自己
應該要找時間傷心

沒關係，七月了
七月有三十一天
八月也會這樣
他有人喜歡了
你也會這樣

浪費

我那天夢見你
在海底的龍宮
和一條沒有顏色的魚賽跑
你說你不回來了
怕一到家
就再也不想想起
往這裡的路

鬧鐘將響
你說了再見
冒著泡的聲音裡充滿著歲月
細數曾一起浪費過的日子
竟遙遠的像是我們

已經老了，原來
最美好的時光
總是該用來浪費

多年以後
有一陣風從海上吹來
裡面滿是你的味道
被吹到的人
都打了個哆嗦

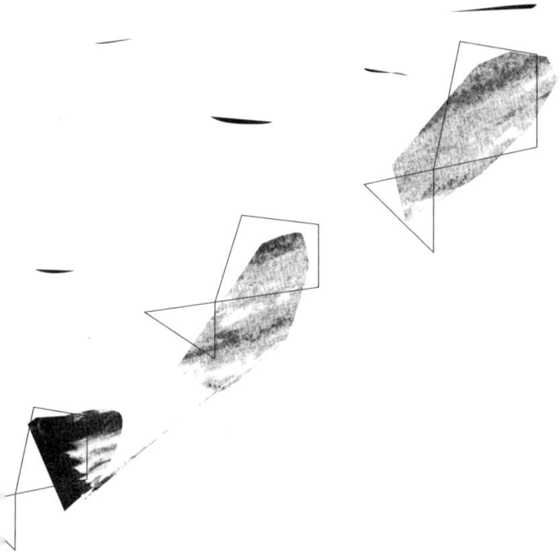

海湖

3

有太多車站
在太小的城市
誰的興盛就是誰
被遺棄的理由

這是不會改變的道理
像是靠海的地方風都很大
以前一直以為自己有帆
長大了就會被吹向遠方

只是遠方的夜晚沒有飛機
睡眠安穩得令人害怕
所以你總是在夢裡喧嘩

3_ 桃園市蘆竹區地名，因臨海盆地而得名

醒來後忘記調整音量
才又被生活震得聒耳欲聾

七夕

大雨落下的時候
鵲鳥也跟著掉了幾隻
大概是因為有愛情
走在上面，而你
今年又更重了一些

這麼久以來，你已經學會
如何藏好思念
在腳步與腳步之間
直到你朝橋的另一邊跑去
天空才開始打雷

今天是個美好的日子

雖然氣象預報說
晚點一定會下雨
所以等我
把衣服收完
就要去見你了

回家

他提著兩籃水果
交給你之後
他就什麼也不剩了

你大概是從那班深夜客運開始
過著搖搖晃晃的人生
你應該是喝醉了
還是那麼努力
要走好直線的那種人

你習慣好好做人
努力好好說話
只有在無法控制的時候

才掉出滿地的鄉音

你習慣尋找南方
喜歡賞鳥
和他們遷徙的路線
你還是使用月曆
掛在牆上
把美好的日子圈起來，那天
我們一起回家

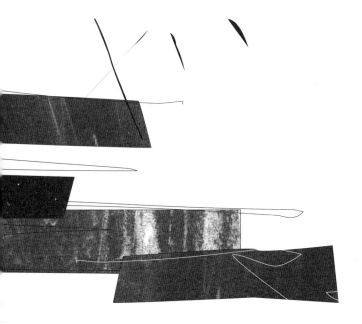

天橋下

我要在天橋的下面
鋪一個紙箱
所有失眠的人
都可以來這裡流浪
一個晚上

我會說一個特別長的故事
告訴他們
夜裡的雲不會下成明天的雨
就像生你氣的愛人
還是依然愛著你

今晚太過安靜

我要放一種最吵鬧的煙火
所有經過天橋下的人
都會抬頭看向天空

如果明天還是一樣
你可以不要起床
有美麗的夢
就把他好好做完

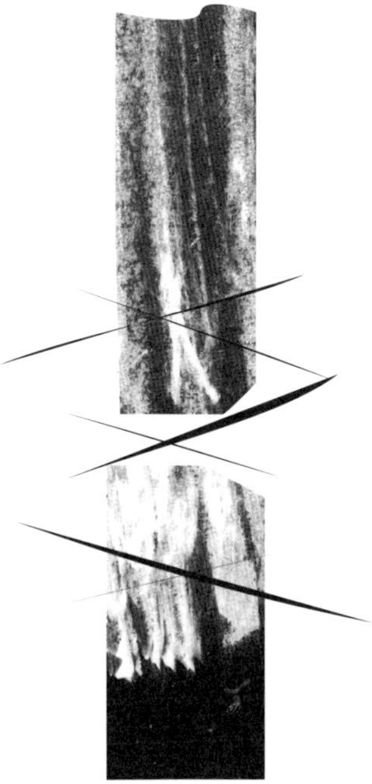

什麼寶可夢我只聽過神奇寶貝

「御三家」
整個庭園
都是綻放的妙娃花
他們是一開始
沒有人想選的種子

「我他媽的忘記那首歌名叫什麼了」
偶爾失眠的時候
你還是會在自己臉上塗鴉
但你始終沒有找到
當年胖丁唱的那首歌

「秘傳學習器０２」
小火龍突然
變成噴火龍的那天
你也跟著長大了
有了翅膀之後
沒有道理不去學會飛翔

「舒適圈」
那裡有一個舒適的地方
就像你還是喜歡
臭臭泥那個死樣子
但你說你是皮卡丘
不住在寶貝球裡

「伊布」
你有沒有變成自己討厭的那種大人

國家圖書館出版品預行編目資料

大人症候群：原來長大，就是安靜地面對失去 / 吳旻育作 . -- 臺北市：三采文化，2020.05
面；　公分 . --（愛寫；40）
ISBN 978-957-658-340-7（平裝）

863.55　　109004321

◎封面圖片提供：
Vagif Gozalov - AVVA ／ Shutterstock.com

suncolor 三采文化集團

愛寫 40

大人症候群——
原來長大，就是安靜地面對失去

作者｜吳旻育
副總編輯｜王曉雯　責任編輯｜徐敬雅　校對｜黃薇霓
美術主編｜藍秀婷　封面設計｜高郁雯　內頁設計｜高郁雯　內頁編排｜ Claire Wei

發行人｜張輝明　總編輯｜曾雅青　發行所｜三采文化股份有限公司
地址｜台北市內湖區瑞光路 513 巷 33 號 8 樓
傳訊｜TEL:8797-1234　FAX:8797-1688　網址｜www.suncolor.com.tw
郵政劃撥｜帳號：14319060　戶名：三采文化股份有限公司
初版發行｜2020 年 4 月 30 日　定價｜NT$350
3 刷｜2020 年 9 月 5 日